미안해,
아직도
나　　를
알아가는
중이라서

미안해,
아직도
나　　　를
알아가는
중이라서

글·그림 연분도련

연분도련이라는 이름을 지은 건 고등학생 때입니다. 취미로 만든 작품들을 모아두기 위해 블로그를 시작했는데, 그때 처음으로 사용한 이름이었습니다. (이름의 뜻은 책을 읽다 보면 알게 되실 거예요.) 취미는 모여서 기록이 되었고, 그 기록 덕분에 대학에 들어와 디자인도 전공하게 되었습니다. 그 뒤로 바쁜 대학 생활 속에서도, 두 번의 직장 생활을 하는 와중에도, 또 프리랜서로 살기로 결심한 최근까지도 저는 그림으로 제 삶을 기록했습니다. 그리고 이 책은 제가 하루하루 일기처럼 그린 그림들을 모아서 엮은 책입니다.

저는 소심한 A형입니다. 그래서 평소에는 제 의견을 강하게 내세우지 못하고 무엇이든 괜찮은 척하곤 합니다. 하지만 그렇게 제 감정을 숨기다 보니 어딘가에 제 속마음을 털어놓을 데가 필요했습니다. 그래서 저는 그림을 그리기 시작했습니다. 학교에서 쌓여가는 과제에 스트레스를 받을 때, 회사에서 사람들에게 이리저리 치이고 결국 달을 보며 퇴근했을 때, 언제쯤 이 고통이 끝나려나 싶을 때 누군가에게 말을 하는 대신 조용히 펜을 들고 그림을 그리고 글을 썼습니다. (사실 펜을 들었다가 다시 놓고 침대로 들어갔을 때가 더 많았지만요.) 다른 사람들은 아주 사소한 이야기라고 생각할지도 모르겠습니다. '꼰대'들에게 하고 싶은 말, 회사에서 겪은 일화, 인간관계에 대한 고민, 친구들에게 느끼는 고마움, 제가 키우는 고양이들에게 섭섭했던 일까지…. 어떤 하루를 살아가야 완벽한 하루가 될까 고민이 들 때, 어느 길로 가야할지 선택을 내리지 못하고 방황할 때 저는 그림을 그렸습니다. 이 책에 이런 방황과 고민에 대한 '정답'은 없습니다. (정답을 알아냈다면 말 그대로 제가 이러고 있지 않겠죠?) 다만 지금 방황하고 고민하는 이야기를 털어놓으면서 그 자체로 위로를 받고 힘을 낼 뿐입니다. 지난 그림들을 다시 들춰보며 '이불킥'도 해보고요. 이 책을 펼친 누군가가 '나만 힘든 건 아니구나', '다들 같은 고민을 하고 있구나', '나도 울어도 되는구나' 이렇게 생각하고 위로받았으면 좋겠습니다.

비록 인생의 '정답'은 찾지 못했지만, 그림을 그리면서 생긴 변화는 있습니다. 제가 꽤 괜찮은 사람이 되어가고 있다고 느낀다는 점입니다. 고민을 해결해서가 아닙니다. 앞으로 남은 인생에서 제 방황은 아마도 끊임없이 계속되겠지요. 그렇지만 그림을 그리면서 저는 저를 알아가기 시작했습니다. 때로는 실수를 할 때도 있고 잠시 돌아갈 때도 있지만 그 길을 통해 저를 좀 더 알게 됐다면 그 나름대로 의미가 있는 시간이었다고 생각합니다. 우리는 모두 조금씩 성장해가는 사람이지, 처음부터 하늘을 나는 '히어로'로 태어난 것이 아니니까요.

이 책에서는 앞뒤가 서로 다른 이야기도 튀어나올 겁니다. 앞에서는

한 번 사는 인생이니까 좀 더 멋지게 살아보자고 했다가 뒤에서는 아무것도 하지 않고 집에 틀어박혀 있는 게 최고라고 말하는 식으로요. '이 사람은 도대체 어쩌라는 거야' 하는 마음이 들지도 모릅니다. 그런데 이렇게 앞뒤가 다른 게 과연 저뿐일까요? 누구나 어느 날은 이렇게 생각했다가 다음 날은 저렇게 생각했다가 하면서 자신을 알아가는 게 아닐까요? 우리 인생은 어제와 오늘이 다르고, 어떤 모습이 자신의 진짜 모습인지 아무도 모릅니다. 저는 그저 매 순간 자신을 솔직하게 드러낼 수밖에 없습니다. 그리고 이 책은 그런 저 자신의 기록이고요.

제가 그린 그림을 엮어 책이 나온다는 게 아직도 실감이 나지 않습니다. 많이 부끄럽지만 제 이야기가 누군가에게 작은 위로가 되길 바랍니다. 제가 게으름을 피울 때마다 저를 다독이고 응원해주신 모든 분들께 감사드립니다. 희미하게 빛나고 있던 제 그림을 찾아내주신 세종서적 편집부 분들과, 언제나 제 편에서 함께해준 가족들에게도 감사한 마음을 전합니다. 마지막으로 제가 어떤 길을 가든 저를 믿어주는 지현, 예진, 훈지 그리고 재웅이를 위해 오늘도 그림을 그립니다.

2018년 12월

연분도련

Prologue·4

PART 1.
세상에 묻다

만만하지 않은 세상·12 ▮ 이제 가도 되나요?·16 ▮ 각자의 때에 각자의 힘듦·18 ▮ 선택지· 20 ▮ 어차피 모르는데·22 ▮ 최선과 최악·24 ▮ 열정의 기준·26 ▮ 솔직한 동기·28 ▮ 젊 음·30 ▮ 전국노예자랑·32 ▮ 선크림·34 ▮ 잠이 오지 않는 밤·36 ▮ 싫어하는 일·38 ▮ 장 바구니·40 ▮ 저녁이 보장된 삶·42 ▮ 칼퇴를 바라지만·44 ▮ 일기 쓰기·46 ▮ 퇴근 후 하 고 싶은 일·48 ▮ 너무 걱정하지 마·51 ▮ 나 너무 안 놀고 있네·52 ▮ 누구를 위한 하루를 살고 있을까·54 ▮ 지금 행복하세요?·56 ▮ 무민세대·59 ▮ 왜 나만 착한 역할이야?·60 ▮ 만나서 반가웠어요·62 ▮ 미안해, 내일의 나·66 ▮ 전화가 무서워·68 ▮ 을의 미팅·70 ▮ 자책 타임·72 ▮ 하고 싶은 일만 하고 싶어·75 ▮ 과정이 아름다운 여행·76 ▮ 남아 있는 것은·78 ▮ 피하는 방법·80 ▮ 아프지 말자·81 ▮ 마시멜로 이야기·82 ▮ 여행자의 마음으 로·85 ▮ 인생 날씨·86 ▮ 그런 어른이 되고 싶다·88 ▮ 준비의 차이·90 ▮ 인생과 여행· 92 ▮ 오늘 해야 할 일·94 ▮ 내가 아는 것보다 나는 강하다·95 ▮ 그래도 두근두근·96

PART 2.
친구에게 묻다

생존신고·100 ┃ 중독·102 ┃ 할 말이 많은 우리들·104 ┃ 남들은 나에게 관심이 없다·106 ┃ 날카로운 질문·108 ┃ 진심일 뿐인데·110 ┃ 외로워·112 ┃ 주말이라서 그래·114 ┃ 더 사랑하게 되는 것들·116 ┃ 속모습·118 ┃ 유행어·120 ┃ 모두에게 사랑받는 방법·124 ┃ 거절의 맛·126 ┃ 함께 무너지기·128 ┃ 적당한 선·130 ┃ 근데 원래는·132 ┃ 솔직한 사람·134 ┃ 네가 할 말은 아닐걸·136 ┃ 싫다족 이야기·138 ┃ 네가 안 되는 이유·141 ┃ 청춘·142 ┃ 결심했어·143 ┃ 요즘 무슨 일 없니?·144 ┃ 좋게 좋게 넘어가·148 ┃ 고양이들의 자리·150 ┃ 용식이·152 ┃ 이상한 시대·157 ┃ 열심히는 살고 있는데·158 ┃ 혼자 잘해주고 혼자 상처 받기·163 ┃ 괜찮으면 안 된다고·164 ┃ 고마워·166 ┃ 우리가 계절이라면·168 ┃ 우울함을 이기는 방법·170 ┃ 당연한 현상·174 ┃ 너도 울어도 돼·176 ┃ 낭만직인 사람·178 ┃ 내 손을 잡아·180 ┃ 토닥토닥·182

PART 3.
나에게 묻다

나 자신일 때가 더 많았다·186 ┃ 빛나는 순간·188 ┃ 몸의 신호·190 ┃ 꼭 그렇지만은 않아요·192 ┃ 쉬는 시간·194 ┃ 분명 쉰다고 했는데·196 ┃ 끝이 보이지 않아도 쉬어갈 순 있잖아·198 ┃ 어떤 미래가 올까·200 ┃ 한 번 사는 인생·202 ┃ 평범한 사람·204 ┃ 직업을 바꿔야 하나·206 ┃ 붕 뜬 존재·210 ┃ 꿈이 뭐예요?·214 ┃ 초연해지기·216 ┃ 마라톤처럼·220 ┃ 특별함과 동시에 평범하고 싶어요·222 ┃ 주인공·224 ┃ 눈치 보는 습관·226 ┃ 고양이처럼·228 ┃ 완벽한 하루·229 ┃ 철든 모습·230 ┃ 울지 마·232 ┃ 쉽게 지워지는 힐링·234 ┃ 불행하진 않을 것 같아서·236 ┃ 용기를 낸 사람들·238 ┃ 무사히 열심히 충분히·240 ┃ 가계부 쓰기·242 ┃ 소확행·244 ┃ 반짝이는 순간·246 ┃ 행복을 즐길 수 없게 되었다·248 ┃ 나를 먼저 사랑하기·250 ┃ 그래서 좋고, 그럼에도 좋다·252 ┃ 아무것도 하지 않는 하루·254 ┃ 공항으로 가자·256 ┃ 각자의 방법·258 ┃ 행복을 강요하지 마세요·260 ┃ 지금부터 행복하자·261 ┃ 그네 타기처럼·262 ┃ 하늘을 나는 상상·264 ┃ 죄송합니다·266

PART 1.
세상에 묻다

만만하지 않은 세상

세상이 생각보다 만만하지 않다는
이야기는 많이 들었지만

각자 그것을 실감하게 되는 순간이 있을 것이다.

나는 독립을 하고 혼자 살게 되었을
때부터 느낀 것 같다...

집을 나와 혼자 지내면서

흔한 자취 시작러의 모습.jpg

세상에 치이고 베이며 상처를 받다 보니...

너덜너덜해지는 몸과 마음에
이 세상이 만만한 세상이 아님을 느끼게 됐다...

그래도 상처 받으며
견디다 보니

상처들은 경험이되고
나도 어느 정도 단단하고 성숙해진 것 같다... !!

...는 뻥이다.....

힐링을 원했다면 미안해요. 힐링웹툰
아닐걸요... 아마....

그냥 이제 더 너덜너덜해질 마음도
없어서 체념한 기분이다... ^^

세상은 여전히 만만하지 않다.
매일 새롭고, 어렵다.. 다만

이제 더 잃을 것이 없으니 무서울
것도 없을 뿐이다...

이제 가도 되나요?

회사에서 퇴사를 앞두고 회식을 하게 되었다.

나는 퇴사 후에 학교로 돌아가 나머지 학업을 마쳐야 했다.
졸업과 취업이 걱정되긴 했지만,
당장은 그런 걱정보다 다시 새롭게 시작한다는 설렘이 더 컸다.

당연히 회식은 나에게 집중된 분위기였고,
다들 나에게 걱정과 위로의 말을 한마디씩 건넸다.

하지만 점점 쏟아지는 위로는 위로가 아니라
정해진 대답을 듣고 싶어 건네는 말처럼 느껴졌다.

"걱정도 되지만 전 괜찮아요.
오히려 새로운 시작에 더 두근거리고 기대가 돼요."

아무리 괜찮다고 말해도 돌아오는 것은
걱정과 위로였다.

도대체 무슨 대답을 원하는 건가요......?

각자의 때에 각자의 힘듦

각자의 때에 각자의 힘듦이 다를 뿐이라고요.

선택지

다양한 직업들을 소개해주는
교육 프로그램을 본 적이 있다.

"세상에는 우리가 할 수 있는 일들이 정말 많아요!
선택지가 다양하답니다!"

그렇지만 현실로 돌아가면 경쟁을 하고 시간에 쫓기며
정신없이 모두가 똑같은 길을 가게 된다.

어차피 모르는데

우리는 모두 당장 내일이 어떻게 될지 모르는 삶을 살아가고 있다.
그렇기에 나는 내일을 아무렇게나 내버려두고 싶지 않았다.
그래서 매일 가보지 않은 길 앞에서 어떤 길이 정답일지
고민을 하느라 시간을 흘려 보낼 때가 많았다.

중요한 것은 이런 고민 때문에 스스로 지쳐간다는 것이다.
또한 그렇게 오랜 시간 동안 고민을 하고 정한 길이어도
후회하는 일이 많다는 것이다.

하고 싶은 일을 고민 없이 행동으로 옮기는 친구에게
어떻게 큰 고민 없이 길을 선택하고 떠나는지 물어봤다.

친구는 아주 쉬운 일이라는 듯 말했다.

"고민해봤자 시간만 끌고 있는 거라면 마음이 이끄는 곳으로 가면 돼.
정답이 어디 있겠어. 다만 그 선택에 후회하지 않으면 돼."

최선과 최악

늘 최선의 선택을 해야 한다는 강박에 사로잡혀서
스스로를 힘들게 하는 날이 많았다.

하지만 늘 최선의 선택을 할 순 없다.
실수가 없는 인생이 없는 것처럼
때론 최악을 피하는 것이 최선일 수도 있다.

잘못된 선택을 했다고
내 인생이 끝나는 것도 아니니까!

열정의 기준

아무리 적어도 부족해 보이는 이력서를 가만히 바라보다가
열정의 기준을 남에게 맞추고 있는 게 아닐까 하는 생각이 들었다.

남의 시선을 기준으로 삼고 비교하기 전에
나 스스로 나를 바라봤을 때
그 열정이 뜨겁다면
남들도 나를 알아봐 주지 않을까.

솔직한 동기

"솔직함으로 나를 어필하라!"

졸업장이 필요해서 대학에 지원하고
이력서에 쓸 경력이 필요해서 봉사활동에 지원하고
돈이 필요해서 회사에 지원하고.

뭘 더 어떻게 솔직해져야 하는 거지?

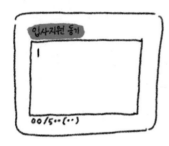

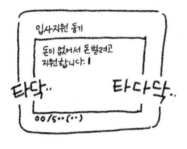

젊음

다시 오지 않을 청춘의 시절을
열정적으로 보내라는 내용을 담은
영상이나 책이 많이 나오고 있다.

내 마인드도 그렇게 바뀌고 있다.
내 마음이 이끄는 곳으로 가고
망설이지 않고 떠나고
지금의 행복에 집중하며 살아간다.

하지만 우리의 마인드만 바뀌면 무슨 소용일까?
그런 우리를 평가하는 세상은 그대로인걸.

마인드가 바뀌어도 세상이 바뀌지 않으면 소용없지...

전국노예자랑

우리가 만나면 하는 이야기는 대부분
누가 더 힘들게 사는지
누가 더 야근을 오래하는지
누가 더 빚이 많이 남아 있는지
누가 더 힘든 상사 밑에서 일하는지….

전국노예자랑에 나가도 되겠어.

선크림

아침 해 뜨기 전에
출근해서....

해 지고 퇴근하는 게
일상인데

선크림이 무슨 필요겠어...
해 좀 보고 싶다...

필요하면 내 거 써.
많이 남았어...

잠이 오지 않는 밤

잡생각이 가득해서 잠을 이룰 수 없는 밤.

문득 잠이 오지 않는 밤에는 침대에서 계속 뒤척거리기보다는
잠시 앉아 있거나 접어둔 일을 하는 게 도움이 된다는 기사가 생각났다.

이상하게 침대에 누워 있으면 잠이 안 와 괴로워하면서도
침대를 벗어나긴 싫어하는 몸과 정신.

나도 모르게 '끄으응'거리는 신음을 내며 힘들게 몸을 일으켰다.
의자에 앉아 있으니 더 본격적으로 잡생각이 들기 시작했다.
역시 인터넷 기사는 믿는 게 아니라고 고개를 저었다.

그리고 정신을 차리니 아침이었다.
피곤해서 잠이 들었나.

아, 이걸 노린 건가?

잡생각이 많아져서 잠이 오지 않는 밤에는

계속 누워서 뒤척이기보단
잠시 앉아 있는 것이 좋다던데...

... 앉으니까 본격적으로 잡생각을 시작하잖아!!

싫어하는 일

잘못 쓴 종이는... 제가 버릴게요.....

장바구니

마감이 코앞인데
일이 하기 싫어질 때는
인터넷 쇼핑을 한다.

흐음…
조금만 쉴까?

쇼핑 좀 하면서
머리를 식히자

스으윽—

일단 장바구니에 사고 싶은
물건을 다!! 담는다.

오!! 이거 필요했어

꺄! 휴가때 입으면
인싸 되겠다!!

딱 내 거네
좋아 좋아…!!

ㄱ꺅!꺅!

오 이거 예뻐!!!

와 신상이네!!!

꺄…내 지갑을
가져요!!!

담아!!
클릭!

담아!!
클릭!

어느 정도 만족했으면 이제
장바구니를 확인합니다.

클릭~

장 바 구 니

샤방 꽃무늬 셔츠 40,000원

총 금액 **450,000**원

배송비 (5만 원 이상 무료) 0원

하하 …. 내가 뭘 본 거지..

꺄!!!

쾅!!!

그러면 일이 하고 싶어집니다.

와… 막
일이 하고 싶어지네…
돈이나 벌어야지…

하하….

스으으윽….

저녁이 보장된 삶

점심시간, 회사 팀원들과
밥을 먹고 카페에 갔다.

커피를 마시다 한 분이 질문했다.

왠지 눈물이 났다.....

칼퇴를 바라지만

매일 칼퇴를 바라지만
칼퇴를 하고 집으로 돌아오면
딱히 하는 일은 없다.

아무 일도 하기 싫고, 아무 생각도 하기 싫다.
결국 누워서 핸드폰만 보다가 잠이 들었다.

뭐 어때,
이렇게 아무것도 안 하는 저녁 시간이
나에게 필요한 것일 수도 있지.

약속이 있는 것도 아닌데
늘 칼퇴를 바라는 이유는

집에 가야 하기 때문이다.
집에 빨리 가서...

아무것도 안 하고 싶기 때문이다...

일기 쓰기

퇴근하고 일기를 쓰기 시작했다.

며칠 동안 꾸준히 쓴 일기를
뿌듯한 마음에 읽어봤는데....

이럴 거면 왜 시나 쓰나 싶었다....

저녁에 쓰는 일기 말고, 아침에 쓰는
일기도 좋다는 말을 들어서
출근하고 일기를 써봤는데...

그냥... 점심 식단표가 되었다...

퇴근 후 하고 싶은 일

회사에서 일을
하다 보면

열심
열심

일이나 해라...

갑자기 멍해지는 순간이 있다.

멍 ~

디자인
자판기인가..

그럴 때는 다이어리를
꺼내서 하고 싶은 일을 적어놓는다.

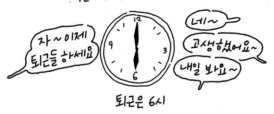

대부분 퇴근 후에 하고 싶은 일인데

자~이제
퇴근들 하세요

네~
고생했어요~
내일 봐요~

퇴근은 6시

① 요가학원 가기

잘못 그린 거 아님..

② 기타연습

③ 그림일기 쓰기

④ 잠들기 전 독서

일을
사랑
하기

하지만 현실은 ....

자~이제 야근들 하세요

네..... 고생합시다... 내일...아닙니다.

퇴근은 ~~6시~~ 미정

① 요가학원까지하다 잠

비틀 ㅠㅠ 비틀

② 기타연습 안고서 잠

ㅋㄱㅋ

③ ~~그림일기 쓰기~~ 개뿔... 그냥 잠

찌이이익

④ 잠들기 전독서

일을 사랑 하기

역시 .... 잠이 최고야 ....

너무 걱정하지 마

이게 나라고 인정하면 편해!
점점 더 나아지면 되지!

나 너무 안 놀고 있네

가스요금과 전기요금, 월세와 교통비가 통장을 재촉하는 월말이었다.
주말에 친구를 만나 가벼운 저녁을 먹고 루프탑 카페로 향했다.
테라스에서 저녁 바람을 맞으며 영양가 없는 수다를 떨고 있을 때,
친구의 핸드폰이 울리며 문자 한 통이 왔다.
핸드폰을 꺼내 문자를 확인한 친구는 갑자기 울상이 되었다.

"왜 그래?"
"나 이번 달 교통비가 만 원도 안 나왔어."
"엄청 적게 나왔는데?"
"그러니까."

친구는 새로운 일을 해보겠다고 회사를 그만두고 학원을 다니고 있었다.
학원이 집에서 가까운 거리라 걸어가거나 자전거를 타고 다니다 보니
교통비가 적게 나온 것이다.

친구는 자신이 우울한 이유를 나시막이 중얼거렸다.

"나 너무 안 놀고 있네…."

지난 한 달 동안 기억에 남는 장소가 집과 회사,
집과 학원뿐인 우린 쉽게 웃을 수 없었다.

누구를 위한 하루를 살고 있을까

더 나은 삶을 위해 오늘도 바쁘게 살고 있는데, 이상하게 남는 것이 없는 것 같다. 내가 아닌 남을 위해 바쁘게 살고 있는 기분이다.

오늘 나를 위해 한 일은 먹고 싶은 점심을 사 먹은 정도....?

아침부터 급하게 하루를 시작하고

하루의 끝에서도
허둥지둥 잠자리에
들어간다....

이런 삶이 반복되니
나에게 미안해지기 시작했다...

지금 행복하세요?

회사를 다니면서 팀원들에게
이런 질문을 해본 적이 있다.

여기서 일하고 있는
지금, 행복하세요?

냥
냥
냥

각자 대답이 달랐지만 대부분 이렇게 말했다.

행복... 이라기 보다는 여러 상황 때문에
계속 일하고 있는 것 같아.

이런 대답을 하는 사람들의 표정은 다 달랐지만...

나는 만족해! 얼굴

이정도면
괜찮아! 얼굴

힘들어... 얼굴

내가 다니던 회사는 연령대가 높은 편이라서
가정을 생각하며 다니시는 분들도 많았다.

이런 질문을 하게 된 이유는 그 당시 내가 마음 속으로 다른 일을
꿈꾸기만 하고 불안하고 두려워서 계속 도전하지 못하고 있었기 때문이다.

그렇게 질문을 해보며 많은 고민을 해보았고,

원하는 꿈과 다른 계열의 일을 하고 있다.

고민... 흠

책임져야 할 가정 없음. 본인이나 잘 챙기길..

곰곰...

아직 젊다 (고 사람들이 그랬다).

매일 고민하며 불안과 두려움에 떨며 지낼 바엔
하루빨리 회사를 그만두기로 했다.

안녕히 계세요 여러분—
전 이 세상의 모든 굴레와 속박을
벗어던지고 제 행복을 찾아
떠납니다— 여러분도 행복하세요—

잘 가!!!

안녕!!

하지만 여전히 불안하고 무섭다....

당장 내일부터
쉬는 것도 이상하고
어색해!!!!

이...이제
...뭐 하지???

... 덜덜...
덜덜덜...

???

잘가~
놀러와~
행복해~

무민세대

20대를 대표하는 키워드 중에 '무민세대'라는 말이 있다.
없을 '무'(無)에 의미를 뜻하는 영어 단어 '민'(mean)을 합성한 말로
'무의미한 것에서 의미를 찾는 세대'라는 뜻이다.
바쁘게 경쟁하고, 끊임없이 새로운 자극을 찾던 20대는
이제 아무 의미 없는 것들에 관심을 주기 시작한 것이다.

아하! 어쩐지! 요즘 제 삶이 너무 재밌더라고요!
아무 의미 없이 막 사는 중이거든요….

왜 나만 착한 역할이야?

모두가 사정이 있는 것은 나도 안다.

하지만 왜 매번
내가 착한 역할을 해야 하고
내가 참아야 하는 건데?

나도 나쁜 역할 잘할 자신 있다고!

만나서 반가웠어요

나는 두 번의 퇴사를
한 후에

사직서

사직서

(짧은 계약직 생활이었지만,,
퇴사는 퇴사다...)

프리랜서 생활을 시작했다.

아 - 잘 잤다!
개운하네!

(프리랜서라 쓰고 백수라고 읽는다.)

회사를 다닐때, 주변 친구들이
퇴사 소식을 전하며

(물론 장난으로 하는 말이 었겠지만...)

만나서 더러웠고, 다신 보지 맙시다~ → 퇴사단톡방에
하는 말아님...

이런 말을 하는 모습을 봤었다. (... 다시 생각해보니
장난이 아니었을지도.....)

그 말을 들으면서 나도 퇴사할 때 저런 기분일까 싶었다.
(솔직히 나도 그 말 써보고 싶다 였던 듯...)

하지만 막상 퇴사를 했을때

그 말을 쓰지 못했다. 회사에 다니면서
힘든 시간도 많았지만 그만큼 나도
많이 배우고, 성장했으니까...

내 성격이 그런 것 같다.
상황을 미워해도 사람을 미워하기는
어려워하는 성격.

나를 힘들게 하는 사람일지라도
오히려 고마울 때가 많다.

그래서 나는 만나서
더러웠다 정도는 아니고...

미안해, 내일의 나

매번 내일의 나에게 미안하다.
오늘도 나는 내일의 나에게 미안하다고 속삭이고
침대로 향한다.

내일이 되면
나는 오늘의 나에게 이야기하겠지.

'어제 조금만 더 힘내지 그랬어….'

나는 매일 그 사람에게 미안하다...
오늘도 어김없이 미안하다.

내일의 나에게....

전화가 무서워

프리랜서로 일을 하기 시작하고 얼마 지나지 않아
전화 받는 일에 공포를 느끼기 시작했다.

전화가 오면 일부러 받지 않고
샤워를 했다고, 밥 먹느라 못 봤다고
핑계를 대며 문자를 보낸다.

전화를 통해 내 기분 상태가 전해지는 것도 싫고,
시간 초가 줄어들고 있는 폭탄을 들고 있는 것처럼
예상치 못한 질문들을 듣고 재빨리 대답해야 하는 것도 싫다.
혹시나 내 실수로 일이 잘못되어 온 전화는 아닌지 걱정도 된다.

예전만큼은 아니지만 아직도 전화가 무섭다.

을의 미팅

지방에 살면 크게 불편한 건 없는데..

작업 미팅이 주로 서울에서 잡힌다는 것이
은근 신경 쓰이는 일이 된다..

미팅을 가면서
별별(알도 안 되는)
생각을 한다.

만날 나만 가고!!!
오늘은 막!!인사도
대충 할 거야!!!

미팅장소도착

작가님~
여기예요!!

안녕히 지내셨습니까!

매번 서울 오시기
힘드시죠...

아니요오오??
완전 즐거워요

몸에 베어버린 을의 입장. 자본주의 영업 미소...
나도 내가 무섭다...

자책 타임

가끔 일러스트 수업을 진행하고 있을 때

수강생 분들이 갑자기 우울해지는 순간이 있다..

대부분 이유는 이랬다..
한 수강생이 옆 수강생의
그림을 보고 잘 그린다고
부러워한다.

그리고 자신의 그림을 보며
자책 한다...

그러면 그때 그림을 그리던 그 수강생도
자책하는 수강생 그림을 보며
똑같은 생각을 한다.

그리고 그분도 자책하기
시작한다...

그렇게.. 자책타임이 전염된 것이다..

'제가 틀린것같아요'라고 하는 수강생들의 그림을 보니
그저 그들은 틀린 게 아니라 서로 다를 뿐이었다.
모두가 처음이었으니까...

그렇게 생각하니 모두가 처음 살아가는 오늘도 마찬가지 겠다.
모두가 처음이라 서로 다를 뿐이다. 틀린 하루는 없다..

하고 싶은 일만 하고 싶어

하고 싶은 일은 많은데,
그것들이 잘하는 일은 아니라서
이렇게 고민만 하고 사는 거지, 뭐.

친한 친구와 둘이서 유럽 여행을 한 적이 있다. 우리는 프랑스 니스에서 시간을 보내다가 세계에서 두 번째로 작은 나라인 모나코로 당일치기 여행을 떠났다. 모나코는 니스에서 버스로 한 시간 정도면 갈 수 있다. 우리는 모나코로 가기 전날 여러 리뷰를 찾아보며 큰 기대를 했다. 하지만 모나코는 우리가 생각한 것만큼 멋진 나라는 아니었다. 주관적인 생각일 수 있지만, 부자를 위한 나라라고나 할까. 가난한 배낭 여행자였던 우리는 몇몇 관광지를 둘러보니 더 이상 할 일이 없었다. 결국 남은 시간에는 스타벅스에 앉아 커피만 마시다 집으로 돌아왔다.

몇 년이 지난 지금도 그 친구와 가끔 그때의 여행 이야기를 나누곤 하는데, 둘 다 모나코에 대한 기억이 그리 나쁘게 남아 있지 않다는 걸 알고는 놀란 적이 있다. 그 이유는 모나코로 가는 버스 때문이었다. 버스 창밖으로는 지중해의 아름다운 풍경이 끊임없이 이어졌다. 우리는 카메라 셔터를 쉬지 않고 눌러댔다.

어쩌면 목적지만 중요한 게 아닐 수도 있다. 목적지에 도착했는데 생각만큼 멋진 결과가 아니라고 실망해도 과정이 아름다웠다면 충분히 사랑하게 될 수 있으리라.

남아 있는 것은

근데 왜 남아 있는 것은...

돈이 아니라 너덜너덜해진 몸과 마음뿐일까...

피하는 방법

나 스스로를 위로할 줄 알아야 남도 위로할 수 있고
다른 사람도 사랑할 줄 아는 사람이 될 수 있을 텐데,
나는 비를 피하듯 피해버리는 방법을 먼저 배워버렸다.

아픈 것조차 사치가 되다니....
어째.... 내 삶이 내 것이 아닌 것 같아....

마시멜로 이야기

마시멜로 실험.
마시멜로를 앞에두고 10분을 참으면
마시멜로를 한 개 더 주는 실험이다.

10분을 참아 마시멜로를 하나 더 얻던 소년은

'현실패치' 완료된 어른이.

여행자의 마음으로

여행을 떠나면 그곳에 있는 모든 것이 예뻐 보인다.
평범한 나무도, 길가에 서 있는 가로등도,
심지어 별다를 것 없는 자판기까지.

지루한 일상을 여행자의 마음으로 바라보면 어떨까?
매일 걷던 길의 가로수도 새롭게 보이고,
매일 보던 건물의 장식도 눈에 들어올 것이다.

<u>나는 이렇게 아름다운 곳에 살아가고 있구나.</u>

오늘도 나는 이곳에 여행을 온 여행자라는 마음으로
하루를 시작해본다.

인생 날씨

그런 어른이 되고 싶다

나에게 멋진 어른이란 꼭 필요한 짐만 챙길 줄 아는 사람이었다.

하지만 나는 아직 어른이 아닌 건지
아니면 그런 어른이 될 수 없는 건지….
매번 여행에서 돌아와 짐을 풀 때면
꺼내보지도 않은 짐들이 가득하다.

그래도 점점 나아지고 있는 것 같다.
이제는 내게 정말 필요한 것이 무언인지 고민해보니까.
(그래도 아직 쓸데없이 많은 짐을 챙기긴 하지만.)

내게 필요한 것이 무엇인지 고민하고
챙길 것은 챙기고 버릴 것은 버릴 줄 아는
그런 어른이 되고 싶다.

준비의 차이

친구와 함께 해외여행을 가기로 했다.
'영국'으로!

그런데 여행 준비를 하면서
맑고 흐림의 변화가 심하다는
영국 날씨에 겁이 났다..

날씨에 따라 내 기분도 오락가락할 줄 알았다.
하지만 직접 경험해보니 꼭 그렇지도 않았다.

흐린 날에도 행복할 수 있고, 맑은 날에도 슬플 수 있는 것은
그저 그 날을 대하는 내 모습과 준비의 차이였다...

인생과 여행

내가 살면서 언제 다시 그곳에 갈 수 있을지 모르기 때문에
여행에서는 모든 순간이 소중하다.

하루하루를 알차게 보내고 왔음에도
집으로 돌아오는 길에는 후회가 가득하다.

'고민하지 말고 거기도 다녀왔으면 좋았을 텐데.'
'어차피 다른 곳에 쓸 돈이었는데, 그냥 사버릴걸.'

내가 살아가는 시간들도 비슷할지 모른다.
어느새 지나가 버려 후회하게 되는 것들이 가득한 여행처럼
지금 마주치는 것이 행복인지 모르고 지나치는 경우가 많기 때문이다.

다른 방법은 없겠지.
<u>조금 더 자세히 들여다보고 조금 더 소중히 여기고</u>
<u>모든 순간에 마음을 다해봐야지.</u>

인생과 여행이 닮았다는 말에는
여러 의미가 있겠지만..

나는 '어느새 지나가 버리는 순간들이 가득하다는 점'이
인생과 여행의 가장 닮은 점이라고 생각한다.

그래서 모든 순간을 더 사랑하게 된다.
지난 후에 후회하지 않기 위해.

오늘 해야 할 일

┌TO DO LIST┐

□ 나의 행복을 남의 행복과 비교하지 말기

□ 다른사람의 행복이 멋져 보인다고
　 나의 행복을 무시하지 말기

□ 내가 행복해지는 방법은 내가 제일 잘 알고 있다는
　 것을 잊지 말고, 나를 끝까지 응원하기

□ 나의 오늘을 누구보다 힘껏 사랑해주기

내가 아는 것보다 나는 강하다

나는 포기하고 싶어질 때마다 이 글귀를 꺼내본다.

You're stronger than you know.

내가 아는 것보다 나는 강하다.
넘어지고 포기하고 싶은 순간에도
다시 일어나던 나를 생각하면
오늘도 힘을 낼 수 있다.

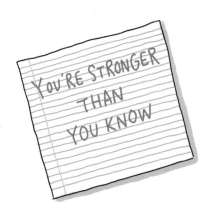

그래도 두근두근

힘든 어제였고
지쳐가는 오늘과
알 수 없는 내일이지만

그래도 언젠가 마주쳤던
두근거리던 마음을 잊지 않으려고 노력 중이다.

이렇게 걷다 보면
또 두근거리는 순간을 마주칠 날이 있겠지.

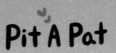

Pit A Pat

PART 2.
친구에게 묻다

생존신고

이제는 사람들과
연락하지 않아도 된다.
만나지 않아도 된다.

"나 잘 살고 있어요"라는 말과
사진 한 장이면 충분하다.

중독

\#없으면_불편할_뿐이라서

\#중독이라고_하기엔_어렵죠

\#그런데_다들_왜_이리

\#자기가_하는_모든_일을_SNS에_올리는지_모르겠어요

\#솔직리뷰?_맛집평가?_전시소식?

\#그런_걸_누가_본다고_하나하나_다_올리나요?

\#데일리\#감성\#공감\#팔로우\#소통

\# 난_중독은_아니고_없으면_불편할_뿐

할 말이 많은 우리들

메신저로 친구와 대화를 할 때
무표정으로 "ㅋㅋㅋ"라고만 쓰고,
내가 하고 싶은 말만 할 때가 있다.

친구가 나에게 "내가 저번에 얘기했던 거잖아!"라며
지난 이야기의 주제를 다시 꺼냈을 때
나는 나 자신에게 너무 놀랐다.

'이렇게까지 경청 능력이 떨어지고 있다니?!'

할 말이 많은 우리들....

남들은 나에게 관심이 없다

누군가 그랬다.
"남들은 나에게 관심이 없다는 사실을 알면
살아가기가 편하다"고.

생각해보니 나도 남에게 큰 관심이 없다.
다들 자기 삶에 집중하느라 바쁘기 때문에
우리는 서로에게 관심을 줄 시간조차 아까워한다.

남들이 나에게 관심이 없다는 사실을 떠올리면 편하긴 하지만
다들 정말 나에게 관심이 없다고 생각하니
조금은 슬픈 것 같다.

날카로운 질문

요즘은 많은 사람들이 여러 가지 SNS을 통해
서로 소통하며 살아가고 있습니다.

저도 시대에 뒤처지지
않기 위해 새로운 SNS가
유행을 끌기 시작했다는
소식에 가입을 했습니다.

후.. 이 SNS는
또 언제 적응하나..
혼자 생각...

진심일 뿐인데

속마음을 보여주고 진심을 이야기하면
손발이 오그라든다는 말로 분위기를 피하는 경우가 있다.

나는 그저 내 진심을 보여준 것뿐인데….

나는 팍팍해지는 세상 속에서
진심을 담아 나의 이야기를 쓰고
그림 그리는 사람이 되고 싶다.

외로워

끊임없는 인간관계 속에서 살아가는데
외로워하는 알 수 없는 세상..

주말이라서 그래

심심하고 외로운데
혼자 있고 싶어.

많은 사람들과 연결되어 살아가고 있는데
외로움은 여전하고,
외로워서 누구든 보고 싶은데
쓸데없이 감정을 소모할까 봐 두려워.

아마 주말이라서 그럴 거야.

그래, 주말이라서 그래.

더 사랑하게 되는 것들

속모습

어떻게 사랑이 모든 순간에 웃을 수 있겠어...

요즘 재있는 유행어가
많이 생기고 있다.

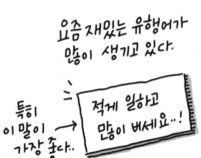

특히
이 말이 →
가장 좋다..

적게 일하고
많이 버세요..!

시대에 뒤처지지 않는 사람처럼
보이고 싶은 마음에 맘에 드는 유행어를 적어두었다.

오오옹...
적어두고
외우자~

끄적
끄적

...늙은이처럼 보이기
싫은 발광 아냐...?

하지만 적어두기만 할 뿐
크게 마음에 두지 않아서...

입에 붙질 않았다는 게 문제였다..

그렇게 지내던 어느날..

안녕히 가세요~   네~조심히 가세요~

중요한 건 내가 잘못 말한지도
몰랐다는 것……

집에와서 메신저로
알려주셔서 알게 되었다….

모두에게 사랑받는 방법

친구가 다양한 사람들을 만나는 일을 시작하더니 이렇게 얘기했다.

"더 이상 내가 나 같지 않아"

모두에게 사랑받는 것에 집중하다 보니 자신을 변화시켜야 했고
원래 자신의 모습을 미워해야 할 때가 많아졌다고 한다.

친구는 자신에게 불편한 순간이 와도 모두를 위해 괜찮다고 말하고
항상 밝게 웃고 사람들에게 긍정적인 대답만 했다.
나의 의견은 중요하지 않다고, 나는 괜찮다고 스스로를 속였다.

친구의 그런 모습을 보니 씁쓸하고 마음이 아팠다.
친구의 상황을 변화시켜줄 순 없었지만 이 말을 해주고 싶었다.

나는 너의 모습 그대로를 사랑해.
너 자신을 포기하지 마.

거절의 맛

거절하는 맛이 이렇게 좋을 줄이야…

함께 무너지기

웬만큼 슬픈 영화를 봐도 잘 울지 않는데
친한 친구가 우는 모습을 보면 함께 눈물을 흘리는 버릇이 있다.

처음에는 이런 모습이 스스로 부끄럽기도 했는데,
무너지는 친구와 함께 무너져주는 것만큼
솔직한 것은 없을지도 모르겠다.

적당한 선

우리는 모두 각자 성격이 다르고 삶의 주기도 다르다.
좋아하는 영화 장르도 다양하고 노래 취향도 제각각이다.
주말을 보내는 방법도 여러 가지고
점심 메뉴를 고르는 기준도 가지각색이다.

누구도 자신의 영역을 함부로 침범하거나
무너뜨리는 것을 좋아하지 않을 것이다.
그렇기 때문에 각자의 영역을 존중해주고 배려해주는 것은
암묵적 규칙이라고 생각한다.

서로가 더 가까워지는 것은
두 사람의 합의하에 가능한 이야기다.
어느 한쪽이 강압적으로 할 수 있는 것이 아니다.

이건 생각보다 어려운 일이 아니다.
그저 예의를 갖추고 누구나 나와 같은 사람이라는 것을
잊지 말고 표현하면 된다.

많은 걸 바라지 않아요.

선을 넘어 다가올 때 저에게 얘기 한 번만 해주세요.

어려운 일은 아니잖아요?

근데 원래는

단어 자체에 나쁜 의미가 담긴 것은 아닌데
내가 특히 나쁘게 사용하는 단어들이 있다.
'근데, 아니, 솔직히, 원래'

한 번에 말할 수도 있다.
"아니 근데 원래 솔직히 그건 말이지…"

대화가 내가 원하는 방향으로 흘러가지 않거나,
내가 낸 의견이 틀린 것 같다고 하면 쓰게 되는 말이다.

내가 알고 있는 게 최신 정보가 아닐 수도 있고
내가 주장하는 게 잘못된 내용일 수도 있는데
상대방의 의견은 뒷전에 두고
내 말만 맞다고 우기기 위해 쓰는 것이다.

그래서 최근에는 상대방의 의견을 좀 더 경청하기 위해
이런 표현은 아끼려고 노력 중이다.

상대방 의견에 깊이 생각해
보지도 않은 채 말을 끊고

내 주장만 내세울 때더라고.....

솔직한 사람

인터넷을 돌아다니다가 이런 글을 봤다.
"그건 솔직한 게 아니라 무례한 것이다."

며칠 전 만난 한 지인은 자신이 '솔직한 성격'이라고 소개했다.
가끔 솔직한 성격 때문에 욕을 먹는다며
왜 솔직함이 욕을 먹어야 하느냐고 열변을 토했다.

다음에 그를 다시 만나면 이 글을 보여줄까 잠깐 생각했다가
그것 또한 그 사람에게는 솔직함을 가장한 무례함이 될지도 모른다는
생각에 관두기로 했다.

그 글은 결국 이렇게 끝났다.
"따듯한 솔직함을 미워할 사람은 아무도 없다."

나는 솔직함이 따듯한 위로로, 따듯한 격려로 전해질 수 있도록
조금이라도 노력해본 적이 있었던가?

따뜻한 솔직함을 미워할 사람은 없으니까...

네가 할 말은 아닐걸

이상하게도 연애에 실패하면
연애 박사가 된다.

그렇게 하면 안 된다고
그러면 둘 다 힘든 연애가 된다고
남의 사랑에 관여하고 그들을 가르치기 시작한다.

그렇게 잘 안다고 그 사람이
다른 연애를 꼭 잘하는 것도 아니다.

경험은 매우 주관적인 것이다.
모두에게 정답은 아니다.
경험은 어디까지나 '자신'의 경험일 뿐이다.

경험을 통해 할 수 있는 것은
누군가를 가르치고 그들에게 충고하는 게 아니라
그들을 위로하고 응원하고 그 친구의 편이 되어주는 것 아닐까.

싶다족 이야기

돈이 없다면서 돈이 생겨도...

행동으로 옮기지 않고 여전히
'싶다'만 반복하지...

환경만 탓하지 마...
그건 네 마음의 문제라고...!!

청춘

주변에서 '청춘'이라는 말을 많이 해주길래..
청춘의 뜻을 찾아보니....

푸른 봄, 인생......

결심했어

상처받지 않기 위해선

어쩔 수 없어.

요즘 무슨 일 없니?

잘 기억은 나지 않지만,
예전에 친구였던가..

야, 있잖아~

라디오에서 인가...
이런 이야기를
들었다.

야자시간에
공부는 안 하고
라디오 듣기를
좋아했다..

웃기지만 웃으면 안 됨...

자신이 다니던 교회에 당시 인기 있던
TV프로그램 〈사랑과 O정〉 작가 분이
다니셨는데,

그분은 매주 교회에서 주일학교
아이들에게 이런 질문을 하셨다고 한다..

사실일지는 모르지만,
그때는 그 이야기를 그냥 웃고
넘겼다..

지금 와서 그 이야기가 다시
생각나는 이유는 ....

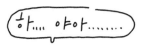

내가 요즘 딱 그런 상황이라서....

프리랜서 활동을 시작하고
웹툰도 그려보기 시작하니

항상 그림 그릴 소재에 집착하게 되고
돈을 저축하는 것처럼
소재를 저축하지 않으면
불안해지기 시작했아....

좋게 좋게 넘어가

프로젝트를 진행 중인 후배들이 불만을 토로하면
"그냥 좋게 좋게 넘어가"라면서 달래는 경우가 있다.
하지만 그렇게 말하고 나서 놀라곤 한다.
'도대체 누구에게 좋은 건데?'

나는 내가 불편하고 불행한 것을 알면서도
모두들 그렇게 하고 있고 다들 아무 말 없이 견디고 있으니까
나도 참아야 한다고 넘겨버리며 살아왔다.

나와는 다르게 용기 있게 표현을 하는 사람을 보면
왜 그렇게 예민하냐고, 왜 그렇게 참지 못하냐고,
다들 그렇게 살고 있다고 좋게 좋게 넘어가라고 했다.

그저 자신처럼 참지 못한다는 이유로
애처럼 징징거리지 말라는 것이다.
용기 있게 말하지 못하고 감정을 숨기고 살아온
내 책임은 생각하지도 못하고.

무엇이 되었든 그렇게 매번 좋게 좋게 넘어가는 것을
정말 모두가 좋아하고 있는지 생각해봐야 한다.

고양이들의 자리

고양이들이 누워 있는 곳에는
꼭 이유가 있다.

여름에는 가장 시원한 곳이고

겨울에는 가장 따뜻한 곳이다..

더운 날도 아니고
추운 날도 아닐 때는...

뭐... 뭐지... 이불안함...

가장 푹신한 곳을 찾는다...
가장 푹신한....

내 배 위로.....

예전에 어떤 강아지를 일주일 정도
맡았던 적이 있다.

혝.. 혝..

2살 정도 된 스피치였는데

전 주인이 길거리에 버린 아이를 구조해서
새로운 주인에게 보내주기 전까지
내가 데리고 있기로 한 것이다.

??
엥?..
뽕♡

집에서 일주일 정도 돌보는 것에 큰 문제는 없었지만
(집에 고양이 두마리가 있었지만 관심도 없었다....)

그 아이에게 이름이 없어서 이름을 지어주기로 했다.
(정확히는 몰라서...)

뭐라고 지어줄까 고민하다가 우리집고양이들을 따라
'식'자로 끝나는 이름을 지어주기로 했다.

그래서 지어진 이름은... 용식...

넌 '용식'이야!!

그런데.. '용식'이라고 이름을 부를수록..
뭔가 찝찝한 기분이 들었다..

그땐 그냥 넘어갔다.

용식이를 데리고 있는 동안 자취방계약이
끝나 함께 이사를 하게 되었다.

엄마 아빠가 이사를 도와주려
오셨고, 엄마는 용식이 산책을 맡아주셨다.

순간, 엄마의 표정이 어두워 졌다....

어쩐지 익숙하다 했는데...

이상한 시대

덮어두면 사람들이 사라져버리는
이상한 시대에 살고 있다..

열심히는 살고 있는데

열심히는 살고 있는데,
왜 열심히 살고 있는지
잊어버린 건 아닐까...

혼자 잘해주고 혼자 상처 받기

이제 알 때도 되지 않았어?
그 상처, 그 아픔 아무도 알아주지 않는다고.

괜찮으면 안 된다고

고마워

네가 힘들 때 생각해준 사람이 나라서 고마워.

우리가 계절이라면

계절이 지나간다고 슬퍼하지 않는 까닭은
금방은 아니지만 꼭 다시 돌아온다는 것을
잘 알기 때문이겠지.

우리가 계절이라면 좋겠다.
그렇다면 우린 이별에 서툴지도,
두렵지도 않겠지?

우울함을 이기는 방법

가끔 아무 이유 없이
우울해질 때가 있다.

으에에에
오지 마…

우울

그런 우울함이 찾아올 땐 이런 방법들을 썼다.

① 멍때리기

다소곳하게
앉아서

초점 없는
눈으로

생각을
비운다..

치…치느님!!

옆에서 무슨 일이 일어나는 지
모를 정도로 ....

② 도서관에 가기

다 읽지도 못하면서
일단 빌릴 수 있는
권수를 다 채워서
빌린다...

헬리콥터

로맨틱
파리!

↑
대부분 푹 빠져서 읽을 수
있는 소설이나 여행 에세이

③ 펑펑 울기

슬픈 영화나
드라마를
본다.

하지만 다음 날 일상생활이
불가능할 수 있음...

↙ 와씨...
누구세요?!

거울

그런데 자주 하다 보니
이 방법들에 면역이
생겼다...

평범한 거
말고....

흠.. 색다른 방법이 필요해

검색해볼까...

그래서 평소 독특한 행동을 해서
'4차원'이라고 불리는 친구에게 물어봤다.

얘라면 뭔가
색다른 걸
알고 있을지도...

외계인디토리

양.. 너는
우울할 때
뭐 해??

전송

당연한 현상

"시간이 해결해줄 거야."
나는 너를 토닥이며 말했고,
너는 내게 이렇게 말했지.
"난 충분히 시간이 지났다 생각했는데,
왜 아직 마음 한편이 아프고 시린 걸까?"

시간이 해결해준다는 것은
슬픔이 깨끗이 사라진다는 뜻이 아닐 거야.
몸에 난 상처도 아물면 작게나마 자국이 남잖아.

상처가 아물 만큼 시간이 지나면
예전보다 차분하게 그 흔적을 바라보게 되고
때로는 그때를 떠올리며 감사하게 되기도 하는 것 아닐까?
미련 없는 그리움도 배우게 되고 말이야.

너도 울어도 돼

낭만적인 사람

바쁜 일상 속에서 꼭 '너를 위해'
낭만적인 사람이 되길 바라.

내 손을 잡아

나는 주변에서 많은 사람들이
나를 응원해주고 있음을 알면서도
견디기 힘든 일이 생기면 눈을 감고
어둠 속에서 혼자 버티며 끙끙거리곤 한다.

그런 내 모습을 보고 내 옆에 앉아 있는 친구가 이야기했다.

"자, 무서울 땐 내 손을 잡고 날 봐!
눈을 감고 어둠 속에 혼자 있지 말고."

토닥토닥

나는 그저 너에게
그래그래, 토닥토닥~
위로해줄 수밖에 없겠지만

네가 나에게 기대고 투정도 부리고
가끔은 울기도 했으면 좋겠어.

나는 너의 웃는 모습도 좋지만
너의 힘든 모습까지 좋아할 수 있는
그런 사람이 될 거야.

언제나 준비하고 있을게.

네가 다시 일어설 수 있을 때까지
토닥여주고 눈물을 닦아줄 준비를.

PART 3.
나에게 묻다

나 자신일 때가 더 많았다

이리저리 핑계도 대보고 변명도 떠올려보지만
하고자 했던 일을 결국 하지 못했거나
여러 선택지 앞에서 망설이다가 후회했던 일들의 원인은
나 자신일 때가 더 많았다.

나를 둘러싼 환경 때문이라고
적절하지 못한 타이밍 때문이라고
나름의 변명을 해보지만

돌아보면 나를 막은 건
겁을 먹고 핑계를 대고
귀찮음을 이기지 못한 나였다.

하루가 끝나고 힘들었던 오늘을 돌아보면,,

결정적인 순간에 나에게 상처를 주고, 나를 막은 건

빛나는 순간

그림이 완성됐다고 작업이 끝난 것이 아니다. 그 후에 여러 소셜 미디어에 그림을 올려야 한다. 그곳은 나의 '가게' 같은 곳이다. 타임라인이라는 진열장에 나의 그림들을 올려두고 사람들에게 나를 홍보한다.

그림을 그리다가 문득 이런 생각이 들었다. 사람들은 왜 내가 빛이 날 때만 나를 바라봐주는 것일까. 내가 무언가를 그리고 쓰지 않을 때는 사람들이 나에게 관심이 없는 것 같았고, 온종일 아무것도 올리지 않으면 어둠 속으로 잊히는 기분이었다.

이런 생각을 털어놓으며 한숨을 쉬는 나에게 친구는 이렇게 말해주었다.

"사람들은 네가 빛나는 순간에만 바라보고 있는 것이 아니라, 어두운 순간에도 너를 바라보며 네가 빛나길 기다리고 있을지도 몰라. 너무 어두워서 보이지 않을 뿐이지. 네가 빛나는 순간에야 너를 바라보고 있는 사람들이 보이는 거야."

몸의 신호

어릴 때 내가 갑자기
엄마에게 뭔가 먹고 싶다고
말하면 엄마는
몸에 그 음식의 영양소가
부족해서 갑자기 찾게
되는 신호랬어...

뭐.. 과학적
증명은
없지만...

몸의 신호...?
아.. 근데 그건
왜..?

내가 치킨을
너무 시켰니...?

ㅋㅋㅋㅋ
...

아.. 요즘 들어
갑자기 멍 때리고
집중이 안 된다길래..

갑자기 나오는 그런 생각과 행동도
멍 때리고, 손에 아무것도 잡지 않는
시간이 필요하다는 **몸의 신호** 아닐까 싶어..

그런 의미로..
좀 쉴겸
치킨 콜?

콜!!

내 몸은
에브리데이
치킨 영양소
부족이야..

꼭 그렇지만은 않아요

프리랜서로 일을
시작하면서 내 작업실은
집 앞 카페가 되었다.

가끔 SNS에 작업하는
모습을 업로드하면

ㅁ머 엄마
ㅁ뭘 봐
ㅁ일해

연분도련
카페에서 작업 중

— 댓글 —

와... 부러워요...

저도 카페에서 일하고 싶네요

사무실 탈출 원해요...

우아.. 프리랜서의 삶....

그러면 나는 댓글을 남긴다.

답글
↳ 꼭 그렇지만은 않아요...

꼭 …

그렇지만은 …

않아요 …

쉬는 시간

바쁘게 살면서 잠시
쉬는 것이 두려운 이유는

혁... 혁...

좀...
쉴까...

쉰다고???!!
너 이대로 괜찮을까??

라는 생각이 그 틈을
비집고 들어오기
때문이다..

훅—

나는 대답하기 조차 두려워서
도망쳐버린다.

끄아아아아

..쌩—

열심히 산다고 생각하며 살곤 있는데,
내가 배우고 있는 것은 얼마나 더 빨리 피해가는지,
쉬지 않고 계속 달리는 방법이 무엇인지인 것 같다.

만약 내가

너
이대로
괜찮아?
라는 질문에

괜찮아! 나 꽤
열심히 살고 있어.
그리고 그만둔 게 아니라
잠시 쉬는 거야

라고 피하지 않고 대답한다면
그 대답만으로도 충분히 든든하게 위로 받고
쉬는 시간이 될 수 있지 않을까?

분명 쉰다고 했는데

분명 나는 쉰다고 했는데,

밀린 드라마도 보고
못 봤던 영화도 보고
새로 산 책도 읽고 싶은데,

몸만 쉬는 척을 하고
머리는 아직도 일에서 벗어나지 못하네.

끝이 보이지 않아도 쉬어갈 순 있잖아

끝이 보이지 않는 길을 달리고 있을 때,
힘들다고 지친다고 투덜거리면서도
멈추지는 못할 때가 많다.

우리는 쉬는 시간마저 남이 정해주기를 바란다.
스스로 돌보는 시간을 갖지 않으면
정말 끝을 보지 못하고 끝날지도 모른다.

어떤 미래가 올까

친한 친구들과 저녁을 함께하고
노을을 바라보며 하루를 끝낼 때
우리는 이런 이야기를 나누곤 한다.

"이렇게 또 하루가 지나가네.
이런 하루가 모이면 어떤 미래가
나를 기다리고 있을까?"

자주 하는 질문인데도
그날의 기분과 마음 상태에 따라
다르게 느껴지는 말이다.
우리는 항상 이렇게 마무리한다.

"어떤 미래가 오더라도
너를 닮은 꿈과 너의 마음이 담긴 결과를
만날 수 있길 바라."

꼭 그러길 바라.

한 번 사는 인생

소중히 다루면서 멋지게 꾸며주고 싶어.

평범한 사람

나는 정말 평범한 사람이고
평범하게 살아왔다 생각했는데...

혼밥 좋아하고
일주일에 두 번 정도
밖에 나가면....

평범한 거
아니야?

냥
냥
냥

얼마 전, 어릴때부터 평범하지 않았다고 느끼게 된 일이 있었다.
바로 내 닉네임을 사용하게 된 계기를 떠올리다가...

연분은 무슨 뜻이에요??

아... 그건요..

내 닉네임은 '연분'이다.

연분의 뜻은 '하늘이 베푼 인연'이라는 뜻이다.
사랑뿐만 아니라 모든 순간을 연분이라 여기며 소중한 하루를
살아가자라는 의미로 지은 이름이다.

이런 강성 충만한 닉네임을...
중학생 때.... 지었다...

어릴 때부터...
평범하지 않았다....

직업을 바꿔야 하나

사람들에게 '연분'의 의미를 알려주면
꼭 이 질문이 이어서 나온다.

앗.. 그럼 '도련'은
왜 붙이셨어요?

아 맞아요..!
도령도 아니고
도련...!

연분이라는 단어 뒤에 '도련'을 붙인
사건이 있었다.. 큰 사건은 아니지만..

아.. 그거..
별 의미는
없어요...

하
하

그건.. 제가
블로그 활동할 때...

한때 블로그에서 여러 디자인
이미지 파일을 만들어서 공유하는 게 유행이었다.
그때는 '연분'이라는 닉네임으로 활동했다.

사람들은 내가 올리는 디자인 파일을 자신의
블로그로 스크랩해가서 인쇄해서 사용했다.
그러다 사람들의 반응이 궁금해서 내
닉네임을 검색해보았다.

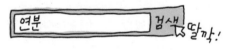

아마.. 모르시는 분들도 계시겠지만..

검색 결과

연분언니의 예쁜 시간표~ ♡

예쁜 시간표 공유해주셔서 감사해요~
자주 들어가는 연분언니 블로그에서
퍼왔어요 !! ♡♡

연분언.....니

저는..
남자입니다......

그래서 닉네임뒤에 '도련'을
붙이게 되었다... (블로그에선 닉네임
뒤에 '님' 자를 붙여 부르니 연분도련 님이라고
자연스럽게 불렸다..)

뭐라고 고치지...
연분남자. 연분사내...
연분총각...

연분왕...자...
연분...하...
도...도련...
정도가 좋겠어...

그런데 요즘엔 아예 닉네임을
바꿔버리고 싶을 때가 많아졌다.

SNS를 공개하고 작업 문의를 받다 보니

직업을...... 바꿔야 하나...?

붕 뜬 존재

나는 아이도, 어른도 아닌
경계에 서 있는 것 같았고,
사람들과 어울리지 못한
'붕 뜬 존재'가 된 것이다.

기분이 좋아서 붕 뜨는 것과는 다르다.

그들은 원할 때 내려갈 수 있지만..
난 아니다...

사랑들과 떨어져서
어울리지 못하고
혼자 붕 떠버린 것이다.

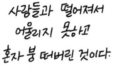

분명,, 함께 시작한 것 같은데..
왜 나만 붕떠 있는 걸까?..

사람들은 이런 나에게
위로 (인지 잔소리인지)를
해주려 하지만,,,

꿈이 뭐예요?

잠시 아르바이트로
아이들을 가르치는
일을 했었다.

까~

까~

안녕
하세요~

자신의 꿈을 그려보는
시간에 한 아이가
소방차를
그렸다.

오... 소방관 아니고 소방차예요?

네!!!

ㄱㄱㄱ 귀여워...

완전
멋져!!

소방차

나도!!!
할래!!!

좌아
아아

좋아하는 만화
주인공...

순수한 아이들의 그림을
보고 있으니 꿈에 대해
생각해보게 되었다.

어릴 때 내 꿈은
롤러블레이드 선수였고..

중학교 때는 치과의사를
꿈꾸다가 고등학교 때
디자이너로 꿈을 바꿨다.

내가 진정 원하는건
디자이너 같아...!

내가
원하는
꿈을
좇겠어...☆

알바 끝내고
과제하러
카페 가는길

하지만 꿈을 좇아 대학에 오니
앞날을 꿈꾸기엔 오늘에 지쳐가기
시작했다..

끄어어...뭐가 되고 싶기보다는
이틀 정도만 푹 자고 싶어요...

그리고 이제 나에게 꿈을 물으신다면...

꿈이요...?
...돌멩이...?^^

커피
수혈

골골골

생각도. 말도. 움직임도 없이
한자리에 머물고 싶어라...

초연해지기

모든 일에 초연해지는 것이
어떻게 가능한 걸까.
나는 아직 갈 길이 먼 걸까.
현실 앞에서 무엇 하나 놓기가 힘든걸.

아.. 나도 초연해지고 싶은데, 현실 앞에서 그게 말처럼 쉽지 않더라고...

마라톤처럼

첫 출발에 너무 신경을 쏟지 마.

처음에 잘 뛴다고
끝까지 잘할 거라는 보장은 없어.

처음에 실수를 했더라도
연습한 만큼 실력을 보여주지 못했더라도

지금껏 열심히 살아온 것처럼
너의 모습 그대로 잘 뛰어온 것처럼
그렇게 달려가면 돼.

포기하지 않고 꾸준히 달려가면 돼.

처음에 잘 뛴다고 해서

마지막에 꼭 1등 끕에 속해 있지는 않아.

특별함과 동시에 평범하고 싶어요

주인공

가끔 내 인생에 내가 주인공이 아니라는 생각이 들 때가 있다.
어쩌면 나는 조연일지도 모른다고,
주연은 따로 정해져 있을지도 모른다고 생각했다.

하지만 문제는 그게 아니었다.
주인공은 항상 성공하는 사람이라 생각하고
나에게 성공해야 한다고 스스로 부담을 주는 게 문제였다.

주인공은 쓰러지는 자신의 모습을 인정하고,
다시 멋지게 일어나기에 주인공이었다.

완벽해야 해!

예뻐야 해!

돋보여야 해!!

특별해야 해!

점점 나아져야 해!

언제나 행복해 보여야 해!

고양이처럼

완벽한 하루

이렇게 완벽할 수가 없어!

철든 모습

나이에 맞는 모습이라는 것이 있을까?
20대의 끝을 바라보게 되자
사람들은 나에게 왜 아직도 직장을 다니고 있지 않은지
앞으로의 계획은 있는지 결혼 생각은 하고 있는지 물어본다.

내가 지금 무슨 일을 하고 있는지
누구와 함께 하고 있는지도 모르면서 그런 말을 한다.

그저 자신이 바라봤을 때 바르지 못하고 다른 사람들과 다르다고
나를 '철없는 사람'으로 만든다.

원래 철든 모습이라는 것이
정해져 있는 건가?

울지 마

어릴 때부터 우리는 우는 아이는 산타 할아버지에게
선물을 받지 못한다며 울지 말라고 배워왔다.
그래서 어른이 되어서도 '우는 것은 나쁜 것'이니
울면 안 된다고 생각하며 살아가게 되었다.

그렇게 나는 울어도 되는 상황에서조차
눈물을 흘리지 못하는 어른이 되어버렸다.
힘든 일이 있으면 견뎌내는 것이 용감한 모습이고,
실패나 실수를 하면 씩씩하게 빨리 마음을 다잡는 것이
멋진 모습이라고 생각했다.

하지만 그건 그저 눈물이 나는 순간을
어색한 웃음을 지으며 넘겨버리고,
눈물이 날 정도로 아픈 날에는
바쁘게 시간을 보내며 잊어버리려고 노력하는 것뿐이다.
힘들고 슬픈 마음을 급하게 숨기고 덮어두는 것이다.

눈물을 흘리는 것은 부끄러운 일이 아닌데….

오히려 눈물 나는 상황에 눈물을 흘리지 않는 사람이
스스로의 감정을 마주할 용기가 없는 것 아닐까?

쉽게 지워지는 힐링

겉만 번지르르한 힐링이 무슨 소용이겠어...?

불행하진 않을 것 같아서

처음에 프리랜서로 일을 하겠다는 나를 보고
많은 사람들이 고개를 저었다.
가장 큰 이유는 '불안하다는 것'이었다.

"일이 끊기면 어쩌려고?
솔직히 어려운 길이잖아."

물론 나도 새로운 길 앞에서 불안하고 무서웠다.
하지만 이런 결론을 내렸다.

이젠 불행하고 싶지 않아.
내가 원하는 일을 모두 피해가며 살아가면 스스로에게 미안해.

불안하긴 해도
불행하진 않을 것 같아서,
그래서 하고 싶어.

용기를 낸 사람들

우리는 자신이 가보지 못한 길을 가는 사람을 보면
'걱정'을 먼저 한다.

제주도에서 '한 달 살기'를 하는 동안, 많은 사람들을 만났다.
세계 여행을 하는 사람, 제주도에 가게를 낸 사람,
회사를 그만두고 내려온 사람….
다들 사연이 있었지만 한 가지 공통점이 있었다.
바로 '용기를 낸 사람들'이라는 점이다.

주변 사람들은 모두 그들을 걱정 어린 시선으로 바라봤다.
나도 그들을 '걱정'해주는 말이 튀어나오곤 했다.
"내일이 불안하진 않으세요?"
그런데 그 질문을 던지고는 나도 모르게 웃음이 나왔다.
현실에 발 디디고 있는 나도 내일이 불안하긴 마찬가지니까.

그들은 내가 걱정해줄 필요가 없는 사람들이다.
적어도 그들은 수많은 어려움을 이기며
우리가 가보지 못한 길을 가봤고,
지금도 묵묵히 그 길을 가고 있기 때문이다.

남 일은 신경 끄고, 각자 자신에게 잘합시다.

무사히 열심히 충분히

내가 좋아하는 사람들과

좋아하는 음식을 앞에 두고

자연스럽게 털어놓는 서로의 속마음을 듣고 있으면

가계부 쓰기

흠... 대책이 필요해

절약하는 습관을
위해서 가계부를 쓰기로 했다.

꼼꼼하게 다 적어봐야지..

소비 습관을 체크하기 위해서
꼼꼼하게 모두 적기 시작했다.

흐-음...

ㅁ 과자   1200
ㅁ 머핀   2000
ㅁ 아아   350(
ㅁ 소시지
ㅁ 티라미수
　 ⋮

그렇게 쓰다 보니 알게 된 건..

소확행

반짝이는 순간

나에게는 반짝이는 끝을 봐야만 한다는 강박이 있었다.
하루가 끝나는 순간에는 꼭 반짝이는 그림 한 장,
글 한 줄 정도는 남겨야 만족했다.

그래서 끝없이 쌓고 모으고 만들었다.
그러면서 나는 건강이 나빠졌고, 성격도 예민해졌다.
무엇보다 하루가 끝나는 시간이 무서웠고,
아무것도 하지 못한 날에는 그런 나 자신이 밉기도 했다.

그러던 어느 날 저녁, 문득 하늘을 보았다.
어김없이 하루는 지고 있었고, 노을이 하늘을 가득 채웠다.
짙은 보라색으로 시작해 분홍색으로 물들다 밝은 노란색이 되어
알 수 없는 지평선 너머로 사라지는 노을은
내가 그토록 원하던, 하루가 끝나는 순간 찾는 반짝임이었다.

'노을 지는 풍경이 얼마나 반짝이는지 왜 몰랐을까?'

밤이 찾아오기 전까지 노을은 반짝거리며 나를 위로해주었다.

행복을 즐길 수 없게 되었다

행복을 온전하게 즐길 수 없는 이유는
이 행복이 영원하지 않을 것을 알기 때문이다.

또한 행복이 끝나고
행복도 아니고 불행도 아닌 일상을
불행이라고 느끼진 않을까 무섭기 때문이다.

영원할 것이 아닌 행복을 미리 걱정하고
불행할 것 같은 일상을 미리 두려워하느라
우리는 이미 행복이 시작된지도 모르고 살아간다.

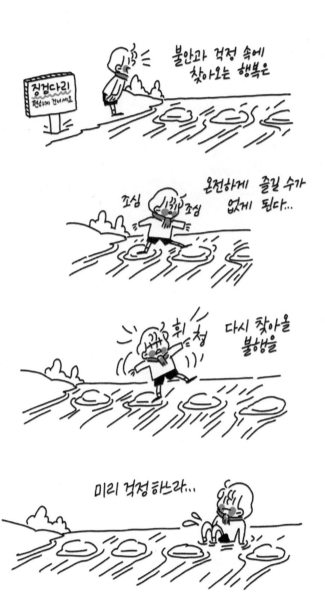

나를 먼저 사랑하기

흑... 날 사랑해줄
사랑은 없어..... 울쩍

우울

여러 번 인간관계에 실패를 겪다 보면
나 자신이 문제가 있는 건 아닐까 싶어진다.

인기쟁이 ☆

까르르

성공적인 인생 ☆

내가 더 나아지면, 내가 더 좋은 사람이 되면
좋은 사람들을 만나게 되고, 좋은 환경이 만들어지고,
다들 날 사랑하겠지?

그래서 좋고, 그럼에도 좋다

카페 음악에 귀를 기울이며 작업을 하고 있는데,
카페에서 나의 플레이리스트를 틀어놓은 것처럼
내가 좋아하는 노래가 이어서 흘러나오고 있었다.

의자가 조금 불편해도 괜찮았고
커피의 맛이 특별하지 않아도 괜찮았다.
그냥 좋아하는 노래가 있기 때문에 모든 것이 괜찮았다.

어느 장소가 내 마음에 드는 것은 이렇게 작은 이유 때문이다.
인간관계도 마찬가지 아닐까?

좋아하는 카페가 하나 늘었다.

아무것도 하지 않는 하루

매일 무언가를 하지 않으면 불안하고 무섭기도 했다.
아무것도 하지 않는 오늘을 만들어보는 것.
그런 하루가 필요할지 모른다.

공항으로 가자

공항의 광장에 앉아 여행을 떠나는 사람들,
여행에서 돌아오는 사람들의 모습을 보고 있으면
그들의 마음을 간접적으로 느낄 수 있는 것 같다.

여행을 떠나기 전 두근거림과
집으로 돌아가기 전 두근거림.
다른 두근거림이지만 모두 기분 좋은
두근거림이기 때문에 괜찮다.

그들의 두근거림을 보고만 있어도
반복되는 삶의 지루함이 사라진다.
상처를 받아 너덜너덜거리는 마음이 치유된다.

마음이 답답하고 복잡할 때는 공항에 찾아간다.
공항에 가면...

수하물을 보내듯
답답한 마음도 보내버리는 기분이 들고,

이륙하는 비행기에
복잡한 생각들을 태워
긴-여행을 보내주면
홀가분한 기분이 든다.

각자의 방법

나는 여행을 좋아한다.
새로운 경험을 통해 다시 살아가기 위한 활력을 얻을 수 있기 때문이다.
그래서 주변 친구들에게도 입이 닳도록 여행을 추천하곤 했다.
그런데 어느 날, 한 친구가 말했다.

"나는 여행이 싫어.
나는 이곳에서 살아가기도 벅찬데,
새로운 장소와 환경, 사람을 만나는 일은
더 부담스럽고 힘들어."

그 친구에게 여행을 떠나보라고 위로를 해주던
지난날의 내가 생각나서 부끄러웠다.

사람은 모두 다른 성격을 지닌 것처럼
모두 다른 방법으로 삶을 살아간다.

행복을 강요하지 마세요

지금부터 행복하자

잘 가!!! 늦은 것은 없으니까! 지금부터 행복하기를 시작하면 돼!

- 나의 행복을 남과 비교하지 말기
- 다른 사람의 방법이 멋있다고 나만의 방법을 잊지 말기
- 내 삶의 행복은 나 자신이 가장 잘 알고 있다는 것을 기억하기
- 타인에게 나의 행복을 강요하지 말기

그네 타기처럼

자존감이 떨어지고 무기력할 때는
그네 타기를 생각하곤 한다.

더 높이 도약하기 위해
낮아질 때에 실망하지 말고
쉴 때는 최선을 다해 쉬고
다시 올라갈 준비를 하고 싶다.

그네 타기와 비슷하지 않을까?

올랐던 순간이 있으면

낮아질 때도 있는 거고,

한 걸음 쉴 줄도 알아야

더 높이 도약할 수 있으니까

하늘을 나는 상상

나는 아직은 할 수 없는 것들이 너무 많다.
더 높이 날아가고 싶어도 그럴 수 없을 것 같고,
더 멀리 뛰어가고 싶어도 부족한 내 능력과 모습이
나를 막는다.

그럴 때면 눈을 감고 하늘을 나는 상상을 하며
스스로를 응원한다.

괜찮다고, 잘하고 있다고.

다른 사람들에게 기대고 기대하며
이리저리 눈치 보고 살아가는 일상 속에서

눈을 감고 스스로를 다독이고 위로하는
시간이 필요하다.

죄송합니다

죄송해요.. 아직 저도 저를 알아가는 중이라서 그래요....

THANK
YOU

미안해, 아직도 나를 알아가는 중이라서

초판 1쇄 인쇄 2018년 12월 5일
　　　1쇄 발행 2018년 12월 12일

지은이 연분도련
펴낸이 정원영 | 펴낸곳 세종서적(주)

편집 김하얀 | 디자인 전성연
마케팅 안형태 김형진 | 경영지원 홍성우 윤회영

출판등록　1992년 3월 4일 제4-172호
주소　　　서울시 광진구 천호대로132길 15, 세종 SMS 빌딩 3층
전화　　　마케팅 (02)778-4179, 편집 (02)775-7011 | 팩스 (02)776-4013
홈페이지　www.sejongbooks.co.kr | 블로그 sejongbook.blog.me
페이스북　www.facebook.com/sejongbooks | 원고모집 sejong.edit@gmail.com

ISBN 978-89-8407-752-2 03810
ⓒ연분도련, 2018

이 도서의 국립중앙도서관 출판시도서목록(CIP)은 서지정보유통지원시스템
홈페이지(http://seoji.nl.go.kr)와 국가자료공동목록시스템(http://www.nl.go.kr/kolisnet)에서
이용하실 수 있습니다.(CIP제어번호: CIP2018038385)

• 잘못 만들어진 책은 바꾸어드립니다.　　　• 값은 뒤표지에 있습니다.